Palabras que debemos aprender antes de leer

aburrido

actividades

fuente

ingredientes

instrucciones

imaginación

picnic

receta

www.rourkepublishing.com

Edición: Luana K. Mitten
Ilustración: Ed Meyer
Composición y dirección de arte: Renee Brady
Traducción: Yanitzia Canetti
Adaptación, edición y producción de la versión en español de Cambridge BrickHouse, Inc.

ISBN 978-1-61810-525-7 (Soft cover - Spanish)

Rourke Publishing
Printed in the United States of America,
North Mankato, Minnesota

www.rourkepublishing.com - rourke@rourkepublishing.com
Post Office Box 643328 Vero Beach, Florida 32964

¡Demasiada televisión!

Gladys Moreta
ilustrado por Ed Meyer

—¡QUIERO la televisión! —grita Riky.

—¡No, estoy viendo mi programa!
—grita Ava.

—Mi programa va a empezar!
—protesta Riky.

—¡No, yo puedo elegir!
—gritó Ana.

—Están viendo demasiada televisión.
Todos los días se pelean por la tele
—se quejó Mamá.

Hablemos con ellos. Niños, vengan acá
los llama Papá.

¡Estoy viendo la tele! —grita Riky.

¡Quiero ver la tele! —grita Ava.

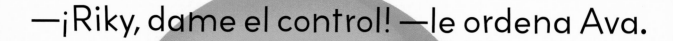

—¡Riky, dame el control! —le ordena Ava.

—¡No! —dice Riky bruscamente.

—¡QUIETOS! —grita Mamá.

—Están viendo demasiada televisión —dice Mamá.

—Pero qué más podemos hacer? —pregunta Riky.

—Piensen. Usen su imaginación —dice Mamá severamente.

—Esto es aburrido —dice Ava—.
¿Qué podemos hacer ahora?

—Tengo hambre —comenta Riky—.
Vamos a preparar sándwiches y a
hacer un picnic.

—¿Te acuerdas cuando hicimos una fuente con pastillas de menta y refresco con Abuelita? —pregunta Ava.

—¡Sí! —dice Riky.

—Mamá, podemos hacer una fuente con
refresco?

—Claro que sí, Ava, toma la caja de
recetas —dice Mamá.

Mamá sugirió que buscara las instrucciones bajo la letra F.

—Necesitamos más refresco y pastillas de menta —dice Ava.

—Papá —dice Riky—, necesitamos algunos ingredientes para nuestra fuente de menta.

—¿Qué necesitan? —dice Papá—.
Iré a la tienda.

—Vamos a leer algunos libros hasta que Papá regrese —sugiere Mamá.

Papá está en casa. ¡Vamos a hacer la fuente! —exclama Ava.

Cómo hacer una fuente con refresco y pastillas de menta

Necesitarás:

Un paquete de pastillas de menta (Mentos)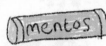

Un litro de refresco de soda

1. Lleva hacia afuera la botella de refresco y las pastillas de menta.

2. Deja caer dos o tres pastillas de menta (Mentos) dentro de la botella de refresco (si quieres un efecto mayor, echa todo el paquete de Mentos).

3. Mantente lejos, o terminarás bajo una ducha de refresco de soda.

—¡Caramba! Esto es mucho mejor que ver tanta televisión —dice Riky.

Cosas divertidas que se pueden hacer además de ver televisión

1. Hacer una fuente con pastillas de menta y refresco
2. Hacer un picnic
3. Jugar juegos de mesa
4. Leer libros
5. Preparar la cena con Mamá
6. Pasar tiempo con Abuelo

Actividades después de la lectura

El cuento y tú...

¿Por qué Mamá y Papá consideran que Riky y Ava están viendo mucha televisión?

¿Qué pasó cuando Mamá les dijo que no podían ver más televisión?

¿Alguna vez has visto demasiada televisión? Si es así, ¿qué otras cosas podrías hacer además de ver la televisión?

Palabras que aprendiste...

A las siguientes palabras les faltan letras. Escribe cada palabra en una hoja de papel y complétala con las letras que faltan.

abu_ _ido	_ _strucciones
_ _tividades	_ _aginación
fuen_ _	pich_ _
_ _gredientes	_ _ceta

Podrías... hacer tus propios experimentos en casa.

- Haz una lista de experimentos o actividades que te gustarían intentar en casa.

- Ahora elige uno de esos experimentos para que lo hagas.

- Haz una lista de los materiales que necesitarás para completar la actividad.

- Decide dónde y cuándo completarás tu actividad.

- Escribe las instrucciones para completar tu actividad.

Recuerda... ¡Seguridad ante todo!
Siempre pídele ayuda a un adulto antes de comenzar un experimento.

Acerca de la autora

Gladys Moreta vive en Kissimmee, Florida, con su esposo y sus dos maravillosos niños. A sus niños y a su esposo les encanta ver televisión, pero a ellos además les gusta compartir muchas actividades divertidas en familia.

Acerca del ilustrador

Ed Myer es un ilustrador nacido en Manchester que ahora vive en Londres. Después de crecer en una familia artística, Ed estudió cerámica en la universidad, pero siempre continuó dibujando. Además de ilustrar, a Ed le gusta viajar, jugar juegos de computadora y sacar a pasear a Ted (su perrito Jack Russell).